Nathalie Dieterlé

Zékéyé

et le crocodile

hachette
JEUNESSE

A Nicolas

PAPIER À BASE DE
FIBRES CERTIFIÉES

hachette s'engage pour
l'environnement en réduisant
l'empreinte carbone de ses livres.
Celle de cet exemplaire est de :
450 g éq. CO_2
Rendez-vous sur
www.hachette-durable.fr

Depuis toujours, chez les Bamilékés, la tribu de Zékéyé, les hommes et les crocodiles se détestent.

Quand Zékéyé n'est pas sage, son père lui dit :
« Mange ton foutou, sinon l'horrible crocodile
va venir te croquer ! »

Quant aux crocodiles, ils détestent les hommes tout autant. C'est pourquoi, depuis toujours, il est bien difficile de prendre de l'eau ou de se baigner à la rivière du bout du chemin.

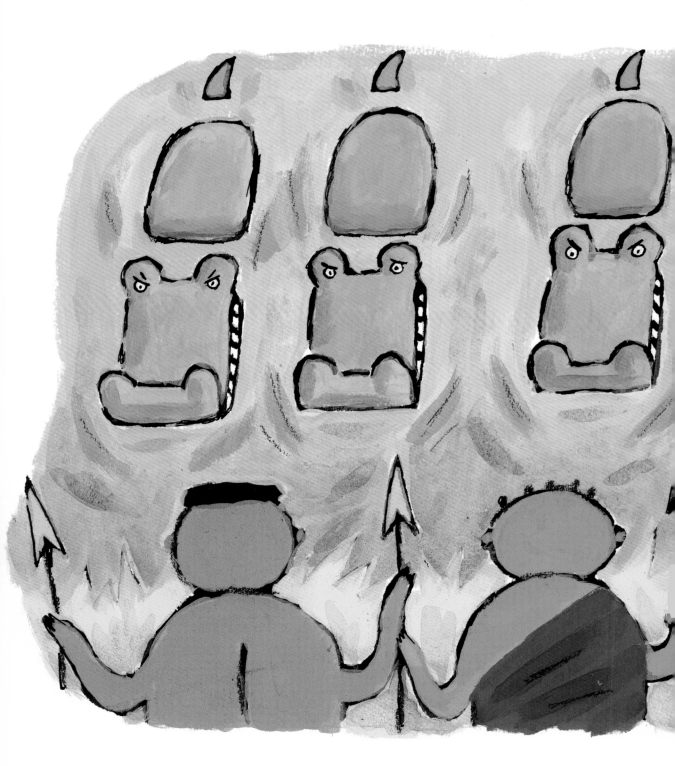

C'est la guerre et cela semble
ne jamais devoir s'arrêter.

Un matin, alors que Zékéyé joue à singe-perché
dans la brousse, il voit un œuf énorme,
presque aussi gros que lui...

Il faut dire que Zékéyé est tout petit. Il est plus petit que sa sœur Ititi, plus petit que le singe de Cocodi, plus petit même que le plus petit des arbustes.

Soudain,

crac !

L'œuf se casse
et un hideux
petit crocodile
apparaît.

Courageusement,
Zékéyé prend
un bâton,
s'approche,
prêt à assommer
la vilaine bête.
Mais...

le démon vert lui sourit...
Puis le lèche et le pourlèche,

et miam miam
et bisous bisous.

Et areu areu

et gazou gazou.

« Ce bébé est tout gentil, se dit Zékéyé
attendri. Ne t'inquiète pas, je vais te cacher,
tu ne finiras ni en foufou, ni en bijoux. »

Zékéyé revient le lendemain
en cachette puis le
surlendemain et les jours
suivants. Les deux petits
deviennent très amis
et inventent toutes sortes
de jeux à faire à deux.

Les jeux du crocochelle,

du crocoban,

de la crocopêche...

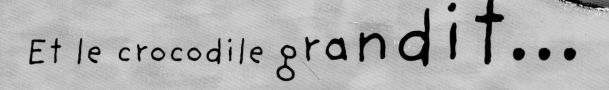

Et le crocodile grandit...

Bientôt, Cocodi, Ititi et Bambou suivent Zékéyé.
Puis, c'est Zeuzeu, Boubou et Mata,
et puis d'autres encore.

Les enfants l'emmènent secrètement au village.
Le crocodile invente des tas de façons originales
de se cacher.

Mais un jour, alors qu'il est déguisé en palmier, le crocodile trébuche et...

« Au secours, un horrible crocodile ! » crie quelqu'un.

La tribu, horrifiée, fonce sur l'animal pour l'attraper !

Bientôt, la pauvre bête est bâillonnée, ligotée et accrochée à un gros morceau de bois.

« Du foufou, des bijoux, des brochettes, une bonne couette, un tapis, une descente de lit », chante la tribu.

« Quelle belle capture ! Nous le mangerons demain ! » dit le chef du village.

Les enfants sont horrifiés.

« Pas lui ! hurle Cocodi.
— C'est notre ami ! crie Ititi.
— Il n'est pas dangereux, pleure Zeuzeu.
— C'est moi qui l'ai élevé », supplie Zékéyé.

Devant l'insistance des enfants, le conseil
des sages se réunit sous le grand baobab
pour décider du sort de l'animal.

Après de longues discussions,
ils viennent annoncer leur décision.

« Tous les crocodiles sont nos ennemis. Nous le
tuerons et le mangerons comme nous avons toujours
fait avec eux. » Et tous de chanter l'horrible refrain :
« Du foufou, des bijoux, des brochettes, une
bonne couette... »

« Papa, je t'en supplie ! insiste Zékéyé le soir avant de se coucher.

— Zékéyé, ça suffit ! Nous le mangerons demain et c'est bien. »

Dans son lit, Zékéyé se dit :
« Mon ami ne finira ni en foufou, ni en bijoux,
ni en blanquette, ni en basket ! »

Alors, Zékéyé,
Ititi, Cocodi et
tous les autres
enfants sortent
de leur lit en
pleine nuit pour
sauver leur ami.

Ils le détachent et le crocodile s'enfuit
vite vite vite retrouver ses semblables.

Le lendemain,

quelle rouspétance,

quelle danse !

Quelle zizanie !

Tous les enfants
sont punis !

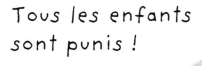

Mais si rien n'a changé pour les grands...

... depuis ce jour-là, les enfants sont amis
avec tous les crocodiles.
Ils se baignent et s'amusent comme des fous
à la rivière du bout du chemin.

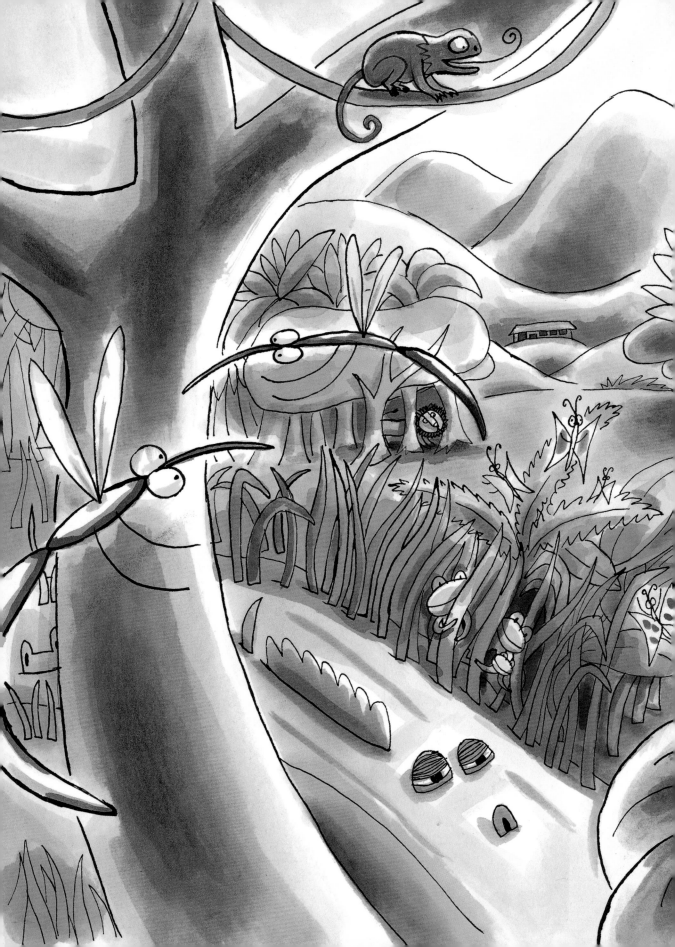